꿈꾸는 비

리디아 시조집

시조는……

시조는 역사의 흐름 우리 조선의 맥이다

시조는 하늘과 땅을 연결하는 가교다

시조는 고독한 이를 위한 부드러운 손길이다

시조는 심 봉사도 눈을 뜨는 바다에 피어나는 연꽃

시조는 황진이와 나를 연결하는 꿈이다

시조는 죽은 사람도 사랑하게 하는 혼이다

시조는 시공을 초월하는 안개 같은 그리움이다

시조는 가을의 달무리 너와 내가 함께 보는

시조는 가슴으로 채우는 나그네의 한 잔 술

시조는 아름다운 고목 꽃도 피고 새도 우는

시조는 그리운 이를 그리워하는 홀로 핀 민들레

시조는 말 못하는 당신의 연분홍빛 꽃편지

시조는 사춘기 문학 소녀 하얀 볼도 빨개지는

시조는 영을 넘는 가을 노을 후렴도 아름답다

시조는 하늘의 꽃 구름 밟을 수 있는 요술 융단

시조는 징을 치는 북소리 삼장육구 안에서

할 말은 단장시조로 대신하며

이 시조집을 후원하신 김 현 님께 두 손 모아 감사드립니다.

꿈꾸는 비

1 어머니의 봄날

2 인력 시장

3 꿈꾸는 비

4 보리밭 연정

1 어머니의 봄날

어머니의 봄날

갸름한 얼굴에 초롱초롱한 눈매
시집올 때 내 어머니 어여쁜 그 모습에
수줍은 열여덟 살 순정이 살구꽃으로 피었어요

새벽녘에 설핏 깬 잠 화장 하시는 고운 모습
꿈길에도 따라오셔 웃음짓는 엄마 얼굴
슬픔은 저만큼 혼자 연꽃으로 피었어요

아직도 어여쁘신 그 고운 미소들은
방울방울 이슬 되어 태평양을 넘나들며
들에 핀 여섯 장미를 속 눈물로 키웠어요

어떤 망명자

화분에다 심은 쑥갓
몇 포기 자랐다며
따뜻한 밥상 위에
차려 놓은 정한 순갈
고향 맛
먹어 보란다
새파랗게 살아 있는

싸하니 시린 가슴
입에 문 그 한 잎은
고개 숙인 애국심에
울먹이는 눈물이다
고향 길
돌아앉아도
가슴에는 태극기

삶

담 너머만 쳐다 보는
어리석은 해바라기

해바라기만 바라보는
담장 아래 채송화

사는 것
이런 거라고
아무도 가르쳐 주지 않았다

이별 연습

하고 많은 연습 중에
떠나는 이별 연습

자살바위 끝자락에
가지런한 신발 같은

흔적은
아련한 눈물
밝혀두는 등불이다

호롱불 부부

순하디순한 마누라
이웃 닮은 노모 미소
호수 속에 반달 같은
호롱불 부부가 산다
아들의
귀가 되고자
척박한 땅 일구며

육순 아내 글 배움 소리
노래보다 아름다워
노 부부 웃음 소리
하늘만큼 울려 퍼지면
남은 생
푸른 계절이
손끝으로 다가 온다

– 인간극장 속에서

호두 깎기

사랑은
호두깎기
벗기려면 달아난다

매정히 돌아서면
별빛마다 눈물이야

거미줄
하얀 속살에
목을 메는 호랑나비

해가 뜨고 달이 뜨고

해 뜨고 달이 뜨니
너도 뜨고 나도 뜨고

백 미터 인생길을
휘돌아 돌아보니

어느새
세월이 먼저
문지방을 넘는구나

한강

한강이 없어 봐라
서울이 서울인가
웃음 한 줌
눈물 한 줌
보태 놓고 보는 강물
그 너머 소원 한 자락
물 이랑으로 젖어 든다

사람이 없어 봐라
서울이 서울인가
우리네
사는 인정
조금은 보태 놓고
슬픔도 잘 익은 강을
너와 내가 보는 거다

하늘

구름이 없어 봐라
하늘이 하늘인가
땅에서 솟은 설움
뭉게뭉게 모았다가
한바탕
통곡 후라야
그게 진짜 하늘이지

눈비가 없어 봐라
하늘이 하늘인가
칼날 같은 그리움도
바람 따라 흔들다가
야자수
잘 익은 열매
하나 뚝 따야 하늘이지

태종대

태종대 자살바위
달빛 열어 곱던 바다
그 길에 취한 영혼
꽃잎 두고 떠나 갔다
달빛 길
그리도 고와
마냥 취해 따라 갔다

벗고 떠난 꽃 고무신
달빛 넘쳐 서러운데
마지막 흔적이라
두고 가고 싶은 겐가
하늘 길
하얀 꽃길을
맨발로나 걸어 갔다

지렁이의 고향

수백 년을 살던 거목
베어 버린 흔적 터에
고향 잃은 지렁이들
거기 와서 죽습니다
하늘도 이들을 도와
햇빛 쨍쨍 내립니다

무의식의 굴레에도
굴렁쇠는 남아있어
고향으로 향한 길을
저도 알고 나도 알아
마지막 내 품는 숨결
그 길에다 묻습니다

2 인력 시장

자주 감자

타향의 좌판에서
다시 보는 자주 감자
빛 바랜 유년 속에
추억으로 누웠다가
쟁쟁한
풍금 소리로
다시 살아 옵니다

고향 감자 타향 감자
어디 따로 있을까만
반갑고 그리운 마음에
손 안에 넣고 보니
옛 시인
가고 없어도
그 분 본 듯합니다

인력 시장

인력 시장 좁은 문에
눈망울들 줄을 선다
하마 올까 제 차례
까치발로 기다리는
우르르
애원의 눈빛
목이 시린 아침 해

태양도 허기져라
소리 없이 지고 나면
하루에도 허탕치는
노을조차 서러운 날
쉶은 눈
처진 어깨에
밟고 가는 저녁 답

유전자

우리 몸은 책으로 쓴
글자 덩어리래

하느님이 쓰신
기막힌 편지래

난 몰라
그런 것 몰라
사랑하며 사는 것밖엔

염전

밀물과 썰물을
못 가게 막더니만
푸른 물은 선 채로 하늘에 말려두고
눈부신
하얀 파도만
몰래 남겨 놓았다

어시장

어시장 비린내는
죽음들의 반란이다
할 말이 아직 남아 오랠수록 독을 품고
그래도
듣지 않으면
목젖까지 찌른다

어느 봄날

봄 하늘 꽃핀 자리
둘러앉은 노숙자 가족
두 아이의 눈빛이 내 아이들과 꼭 닮았다
그냥은
지나칠 수 없네
그 고운 눈빛 때문에……

시인 한하운

– 시집 『보리피리』를 읽고

한이 한을 부여잡고 꽃이 되었네 피꽃으로
하늘마저 울지 못했네 목이 메인 천 년의 채찍
운명도 담금질인가 더 맑은 영혼을 위해……

달빛 아래 떨고 있는 바람 탄 상한 갈대
숨결마다 생명의 절규
흰 꽃으로 피었어라
다시 핀 해맑은 영혼 울음 우는 황톳길

슬프고 기나긴 여정 피리 불며 가던 그 님
가는 길 자국자국 마디마디 남긴 흔적
하늘도 피를 토하네 황토비를 쏟는다

수행 중

비 내리는 아침 호수
작은 오리 다가와서
비벼대는 자맥질에
버들잎만 떨고 있다

호수는
수행 중이래
요지 부동 서러운 님

섬

파도가 부서져서
너를 잉태하였더라
먹구름 쪼개내어
햇빛 한 줌 담아와서
무인도
삭막한 바위틈에
풀꽃 하나 피우더라

그 풀꽃 자라나서
갈매기를 달래주고
파도로 씻은 몸에
정한 자리 깔아 놓고
돌아올
그리운 사람
실눈 뜨고 기다리네

생명의 나비

옆집 뜰에 날아온
암이라는 꽃 나비는

아직도 어여쁜
팔십 한 송이 장미에게

생명의 꿀을 달랜다
이 화창한 봄날에……

살다가

살다가, 살다가
아픔이 있을 땐
눈을 마주 감고
입술을 아낍니다
못다한
남은 얘기는
꽃으로 피웁니다

살다가, 살다가
그리움이 있을 땐
눈을 마주 감고
님의 향기에 젖습니다
첫 만남
그 떨리던 기다림을
가슴속에 키웁니다

동해바다

밤새도록 몸살하던
동해바다 아침 해는
핼쑥한 눈빛으로
통통배를 띄우더라
몇 남은
갈매기마저
해장국을 끓이는

어떤 이는 모래 위에
어떤 이는 가슴 위에
퉁겨온 간간한 햇살
밥상 위에 받아 놓고
지긋이
파도 치는 정
눈짓으로 보내더라

돌아오지 않는 바다

– 동생 영전에

잔잔한 저 물결은
네가 오는 자취인가

몰아치는 저 태풍은
울부짖는 혼령인가

어머님
통곡을 붙잡고
놓지 않는 저 바다

3 꿈꾸는 비

노 시인

– 시인 정완영

감정도 절제라며
반만 듣고 반만 보는

그대 곁에 앉고 보면
향내 절로 흐릅니다

옷 벗은
겨울 나무 같은
충만한 둥지 하나

꿈꾸는 비

가을비는 이런 거다
흔적만 남겨 놓고
준비 없는 이별처럼
말 없이 떠나가네
어쩌누–
온다는 기약 없는
새 봄이나 기다릴까

밤 사이 날아 왔다
돌아간 밤새 마냥
동뜨면 떠난 자리
표적으로 남겨 놓고
가을비
그 소슬한 길을
꿈결인 양 가고 없다

갯바람

물안개 속에 펼쳐진
아득한 갯벌 사이
흰 수건 희끗희끗
머리 숙인 아낙네의
뻘 묻은
치마 속으로
펄럭이는 그 바람

갯조개 뒤를 쫓아
유년을 심던 바람
뻘 냄새 흠씬 묻은
오동도 동백 바람
그 너머
봄을 타고 온
기다림의 흔적이다

가을

호박 넝쿨 따라 가면
푸른 하늘 열려 오고
불 잠자리 따라가면
영이 얼굴 다 보이네
개울물
시린 발목엔
가을 달빛 둥둥 떠

푸른 달빛 누비면서
하늘 가는 저 기러기
갈대밭 여윈 바람
등 비비며 서러운 님
그리움
발아래 떨구며
끼룩끼룩 웁니다

가을에 젖은 노을

타다 남은 여백으로
하늘을 물들이고
아쉬움은 영 마루에
불꽃으로 남겨 둔 채
노을은
못다한 눈물 꽃
산빛마저 적시는…

봄 여름 그 한철을
숨가쁘게 넘어와서
산 노을 옛 마을에
풀꽃들을 심어두고
소슬한
바람 데불고
후렴으로 가는 거다

섬

썰물이 버리고 간
외로운 노래 한 자락

갈매기 날아와서
후렴으로 앉는다

그대 곁
노래가 되리
마음 한 켠 섬으로 앉는 너

보내는 정

마을버스 떠난 후에
흔들리는 풀잎마냥

옆에 두고 몰랐던 정
떠날 때 안겨 오는

뒤늦게
후회합니다
버스 뒤를 따릅니다

공옥진의 춤사위

– 원숭이 춤

원숭이 춤을 위해
함께한 수삼 개월
옥진이가 원숭인지
원숭이가 옥진인지
에헤야~!
어헤야 둥더쿵 둥~!
둥 더덕 쿵! 처얼석~

숨결마다 터져나는
불을 품는 몸짓이며
눈물로 쌓은 탑에
영혼마저 꿈틀댄다
천고도
찰라이든가
주름잡는 너 원시인

매미

긴 침묵 짧은 울음
생명으로 깨어나서
동구 밖 천년의 침묵 올올이 가려 내어
작은 숨
멎을 때까지
온 몸으로 풀어 낸다

모란

짧은 봄이 서러워서
붉게, 붉게 울더니만
눈길 한번 주지 않고 속절없이 지고 만다
가는 님
보내는 정도
행여 저리 할란가

꽃핀 무화과

그리운 고향집에
무화가 한 그루
팔랑이는 잎새마다
어린 꿈을 달았었지
보란 듯
꽃으로 폈다
여섯 개의 꽃이 폈다

어찌, 어찌 살다 보니
세월은 꼬리 없는 기차
흔들어 놓은 강풍에
꽃 한 송이 꺾어 놓고
난 몰라
잎새 흔들며
소리 없이 달아난다

은행나무

은행나무 숲길은
마음으로 가는 길
사람이 마냥 좋아
사람 옆에 사는 나무
애타는
슬픔도 기다림도
한 그늘로 감싸주며

은행나무 열매는
찾음으로 가는 길
벌, 나비도 싫어하는
향기를 넘어서면
침묵한
황금빛 진실이
네 손안에 잡힌다

꽃밭을 만들며

꽃만 있어도 좋은 것을
어쩐지 모자라서
꽃보다 더 야무진 돌을 몇 개 놓고 보니
한 생도
돌 심는 일인가
기쁨, 슬픔 심는 일인가

4 보리밭 연정

겨울의 노래

겨울은 아직도
허리 만큼 차 있는데
성급한 어린 봄은 겨울 치마를 당긴다
꾀꼬리
봄 꾀꼬리야
저 하늘을 불러 내려라

산호의 길

마르코폴로가 동방의 길을 내듯 바닷속 깊은 곳엔 산호의 길이 있다. 때로는 격정의 풍랑이 흔들어 놓은 분홍길 어떤 이는 새 은전을 어떤 이는 긴 세월을 속절없이 보내버린 울고 웃는 분홍 길엔 산호의 붉은 가지들 너를 닮아 피어 있다

촛불

녹지 않고 타는 불꽃
이 세상에 또 있을까
너를 밝혀 나 또한 새롭게 태어난다면
저녁 놀 가슴에 안고
불 속으로 뛰어들리

뜨거워라 뜨거워라
네 사랑 뜨거워라
눈물이 우물이라면 두레박으로 퍼내어
내 가슴 데리고 나와
등 목욕이나 시킬까

붉은 장미

후끈하다 쏟는 눈빛
누굴 위한 유혹인가

하늘도 침 삼키며 돌아앉은 봄날 오후

차라리
널 안고 추락할까
이 덤덤한 한 생을

보리밭 연정

그대가 서 있는
아련한 보리밭 길은

뻐꾸기 울어 새는 새벽이 익습니다

가시내
혼자서 앓는
그 소리로 익습니다

꽃구름 뿌려 놓고

등이라도 치고 싶은
사람이 그리운 날은

마실 가듯 고향 길을 더듬더듬 갑니다

자갈길
투박한 길에
꽃구름 뿌려 놓고

울기 등대 파도

보채는 갈대 같은 울기 등대 세찬 파도
서러움에 여문 마음 세월 두고 기다린다
절벽도 먼 훗날에는 낮게 앉는 모래성

등대불도 아득하니 떨어지는 울기 파도
잔잔히 다가와서 온 몸으로 부딪치는
사랑은 그렇게 왔다 울고 마는 하얀 통곡

바다 편지

지웠다 다시 쓰는
모래 위의 하얀 편지

바닷속 깊은 얘기 언제 다 쏟아내나

돌 사이
작은 꽃게들
실눈 뜨고 기다린다

내 고향

땡그랑 땡 두부장수
잠을 깨는 고향 아침
열리는 새벽 바다
“재치국 사이소오~”
돌담 위
먹까치 소리
이웃 정이 오간다

가시나 니 가거든
편지 꼭 해라이~
순박한 사투리에
넘치는 정 주고 받는
이제는
볼 수 없어라
가슴에만 있어라

울고 싶은 날

생각 하나 울먹울먹
울고 싶은 날이 있다
고추 속 씨앗 같은
남자의 속 눈물도
노랗게 여물어 간다
천둥 번개 지나서

마음 하나 울먹울먹
울고 싶은 날이 있다
민들레 꽃씨 같은
여자의 속 울음도
말갛게 흩어져 간다
세월 따라 피어서……

시래기

겨우내 얼다 마른
시래기 몇 두름은

밤 사이 젖어드는 울 엄마 시린 눈물

가난도
겨울 가난은
씹을수록 질기다

아버지의 수목원

꺾일수록 아름다운
아픔 삭인 청 소나무
눈물 만큼 흘린 세월
목이 메인 옹이들이
이 아침
마음의 비상등에
푸른 등불 밝혀 든다

아버지의 가시 눈물
새순처럼 피어 올라
아픈 아들 손이 되고
거목처럼 발이 되어
수목원
어린 아침을
손끝으로 깨우신다

버들개지

겨우내 내린 비가
촉촉히 땅을 적신다

울다가 지친 아기 똘망한 눈망울처럼

비 사이
다 울고 난 듯
손짓하는 버들개지

사랑은…

사랑은 먼 나라에서 온 아름다운 나의 반쪽
사랑은 탯줄 같은 것 눈에 보이지 않는
사랑은 순이와 철이가 하는 골목길 숨바꼭질
사랑은 비 오는 날의 빗소리를 비에 젖어 듣는 일
사랑은 해맑은 하늘에 얼굴 하나 그리는 것
사랑은 기다리는 것, 문설주에 귀 대고
사랑은 어쩌지 못하는 일 내 마음대로 안되는
사랑은 눈으로 말한다 입술이 제멋대로일 때
사랑은 경부고속도로 가끔 속도 위반도 한다.
사랑은 한여름 날씨 천둥 치고 번개 친다.
사랑은 보내주는 것 그림자만 안고서
사랑은 푸성귀더라 무성했다 다시 시드는
사랑은 부끄러워 숨어드는 물속의 수련화
사랑은 새악시 볼에 물드는 빠알간 저녁 놀

꿈꾸는 비

발행일 · 2016년 10월 20일

지은이 · 리 디 아
펴낸이 · 박 종 현
편집장 · 박 옥 주
펴낸곳 · 세계문예

등록일 · 1998년 5월 27일 (제7-180호)

대 표 · 995-0071 편집부 · 995-1177
영업부 · 995-0072 팩 스 · 904-0071
주간실 · 995-0073

E-mail · adongmun@naver.com
· adongmun@hanmail.net
Homepage · www.adongmun.co.kr

(01446) 서울시 도봉구 도봉로 109길 78

ISBN 978-89-6739-133-1 03810

도서 국립중앙도서관 출판시도서목록(CIP) 서지정보유통지원시스템 홈페이지 (http://seoji.nl.go.kr) 국가자료공동목록시스템(http://www.nl.go.kr/kolisnet) 이용하실 수 있습니다. (CIP제어번호: CIP2016023335)